文・圖　工藤紀子

一九七〇年生於日本橫濱市，女子美術短期大學畢業。現為繪本作家、漫畫家。著有《小雞逛超市》、《小雞逛遊樂園》、《小雞過生日》及《海盜船》（小魯文化出版）。

譯　劉握瑜

加拿大維多利亞大學語言學系畢業。最喜歡說故事給貓咪聽，再抱著牠一起睡個香甜的午覺。譯有《小雞逛遊樂園》、《小雞過生日》等書。

小魯寶寶書 64　**小雞過耶誕節**　　　　　　　　　　　文・圖　工藤紀子　譯　劉握瑜

發行人／陳衛平　　　執行長／沙永玲　　　出版者／小魯文化事業股份有限公司　　　地址／106 臺北市安居街六號十二樓
電話／(02)27320708　　　傳真／(02)27327455　　　E-mail／service@tienwei.com.tw　　　網址／www.tienwei.com.tw
Facebook粉絲團／小魯粉絲俱樂部　　　總編輯／陳雨嵐　　　編輯部主任／郭恩惠　　　文字責編／劉握瑜　　　美術責編／李縈淇
郵政劃撥／18696791帳號　　　出版登記證／局版北市業字第543號　　　初版／西元2013年11月　　　定價／新臺幣270元
ISBN：978-986-211-398-1　　　　　　　　　　　　　　　　　　　版權及著作權所有・翻印必究

PIYOPIYO MERRY CHRISTMAS
Copyright © 2007 by Noriko KUDOH
First published in Japan in 2007 by Kosei Publishing Company
Traditional Chinese translation rights arranged with Kosei Publishing Company through
Japan Foreign-Rights Centre/ Bardon-Chinese Media Agency
All rights reserved.

©HSIAO LU PUBLISHING CO. LTD., 2013
Printed in Taiwan

小雞
過耶誕節

文·圖 工藤紀子　　譯 劉握瑜

期待好久的耶誕節終於快到了！
耶誕老公公會來我們家嗎？

出_{ㄔㄨ}門_{ㄇㄣ}去_{ㄑㄩ}買_{ㄇㄞ}
東_{ㄉㄨㄥ}西_{ㄒㄧ}吧_{ㄅㄚ}。

今天要去的地方是市集。

請給我這個。

媽媽、媽媽，
耶誕老公公會來
我們家嗎？

耶誕老公公一
定會去乖寶寶
的家喔。

耶誕老公公，您聽得見嗎？
我們一直都很乖，
拜託您今天晚上一定要來。
嘰嘰……

媽ㄇㄚ媽ㄇㄚ先ㄒㄧㄢ回ㄏㄨㄟ家ㄐㄧㄚ囉ㄌㄨㄛ。

啊ㄚ， 是ㄕ爸ㄅㄚ爸ㄅㄚ，

歡ㄏㄨㄢ迎ㄧㄥ回ㄏㄨㄟ來ㄌㄞ！
我ㄨㄛ們ㄇㄣ正ㄓㄥ在ㄗㄞ向ㄒㄧㄤ耶ㄧㄝ誕ㄉㄢ老ㄌㄠ公ㄍㄨㄥ公ㄍㄨㄥ許ㄒㄩ願ㄩㄢ……

我ㄨㄛˇ們ㄇㄣ˙回ㄏㄨㄟˊ來ㄌㄞˊ了ㄌㄜ˙！
爸ㄅㄚˋ爸ㄅㄚˋ也ㄧㄝˇ回ㄏㄨㄟˊ來ㄌㄞˊ囉ㄌㄨㄛ˙！

歡迎回來。
洗澡水放好囉。

爸爸、爸爸，
耶誕老公公會來
我們家嗎？

放心吧，
耶誕老公公一定會
去乖寶寶的家喔。

做好了！
那麼，我們開始吧！

哇ㄚ！

嘰ㄐㄧ嘰ㄐㄧ，耶ㄧㄝ誕ㄉㄢ節ㄐㄧㄝ快ㄎㄨㄞ樂ㄌㄜ！

耶誕老公公，
您現在在哪裡呢？

哈啊——— 呼 ……
晚安 ……

啊ㄚ！

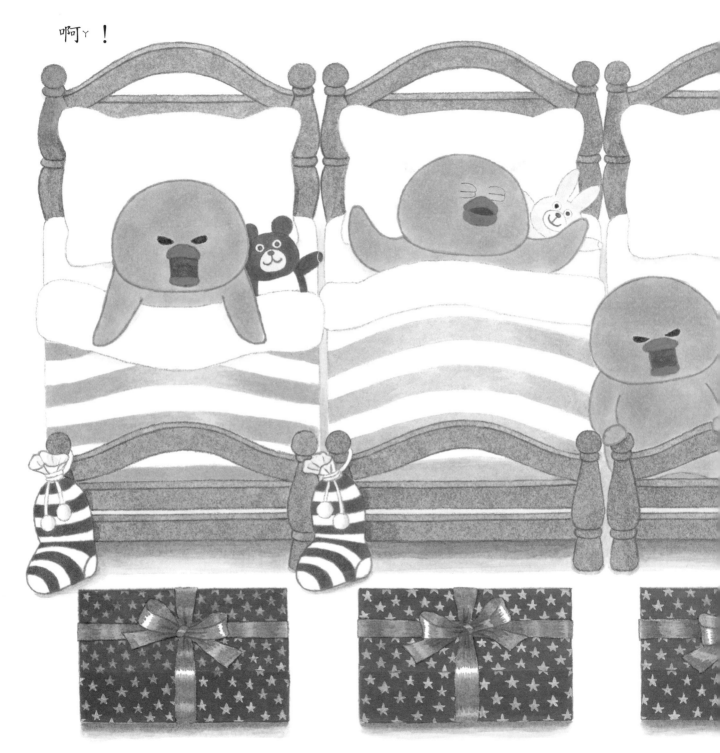

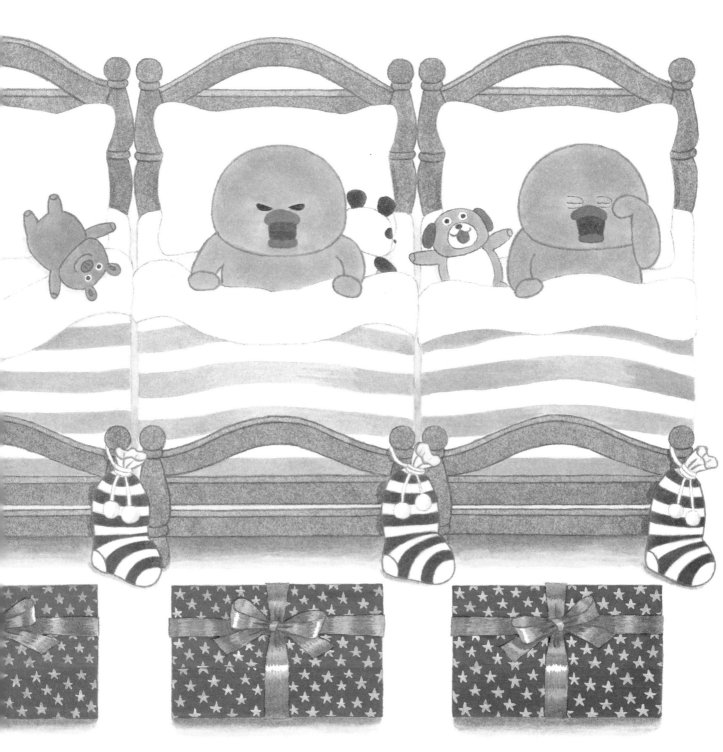

媽媽早安，你看！
耶誕老公公昨天來過了！
呀呼——

哇ㄚ哈ㄏ——
噗ㄆ噗ㄆ！

嗶ㄐㄧ 嗶ㄐㄧ，
這ㄓㄜˋ個ㄍㄜˋ襪ㄨㄚˋ子ㄗ裡ㄌㄧˇ面ㄇㄧㄢˋ
放ㄈㄤˋ了ㄌㄜ什ㄕㄣˊ麼ㄇㄜ啊ㄚ？